佐藤古拙句集

人畜無害

東奥日報社

目次

一 少年期

六三句

一目散ジープを追った日の記憶
ビー玉と面子に暮れた少年期
糖分に飢え切っていた少年期

日の丸が姿を消した少年期
草笛を吹けば頷くいわし雲
虹の根をつかめず駄菓子屋に戻る

釣りあげたシーラカンスをもて余す

着古しに溺れて妻がでて来ない

虫喰いのりんごは熟女だと思う

女房のみたことがない針仕事
泰西の名画に動く黒い金
はじめから断層のあるおれお前

金釘流まんざらでもない安堵感
五十路越え三従の徳ウッフッフ
ライバルに釘を打っても届かない

立ち話百年振りで会ったよう

履歴書をヒラリと越えたコネ採用

剪定の雪焼け顔が闊歩する

コーヒーはブラックなどと通ぶって
はちきれる胸にそわそわ春嵐
出稼ぎも古参は馴れた上野駅

墓石はみな中流の暮しむき
装丁は豪華社長の一代記
一代記屍累々伏せてある

折に観る雪は風雅にみえましょう

一村の地下水までも街を向く

仁王様シーズンオフの立ち話

つがる弁はじける笑う　じゃっぱ汁

読経に句読点うつ咳払い

耳たぶが大きいだけで　貧に居る

長科白役者を泣かすハムレット

本音をば今日も吐けずに喉仏

三面鏡ひとつはいつも拗ねている

縄のれんさて始めますアラカルト

金魚売り子ら追いつけるいい歩幅

雑種ほど淘汰につよい金魚鉢

一癖のある止り木は遠ざける

核家族二郎三郎みな水子

パチンコも背筋きりりと自衛隊

旅にでてたんぽぽ海で溺れ死

わら焼きの煙にむせる蒼い空

誕生日はしゃいでくれる妻が居る

七人の敵も仲よく惚けている
ああでもないこうでもないから多数決
民話だけほのぼのとして細る過疎

頃あいをみてとぐろ巻く酒の席

よかったなあ餓鬼大将の命令形

負け犬が一番派手な首輪しめ

さりながらディートリッヒの吐く紫煙
おみくじのその場限りの安堵感
燃えつきたその骨箱の軽い音

手の内を見抜かれたのも酒の席
極上の酒をのませて絡まれる
イソップの上に聖書のせてある

定年の記念に離婚してあげる

童顔の時折にじむ友と酌む

大根の白さを残し出稼ぎに

先頭を風除けにして満を持す

酔眼をかっと見開く明細書

音痴でも気兼ねは要らぬ子守唄

恍惚の掌に健在な頭脳線

土笛を吹き縄文の貌になる

元校長端然として紙おむつ

二 荒野

八一句

少年の目に茫漠とした荒野

矢面にたつと玉虫色になる

点滴の天井柾目のない無聊

この人は紳士とママがはぐらかす
無農薬てんとう虫と握手する
妻はみかんおれはりんごの皮を剝く

視察団折目のついた作業服
女房の足より太い大根ぬく
スリムより大根足に手を挙げる

救急車やはりためらい傷がある

百本のコスモスにある靡き癖

鶴をおりおんなの貌を取り戻す

深海魚求愛だろうかぷくり泡

軒つらら溶けきるまでに離村する

容赦なく天から届く雪の章

割り切れぬ円周率のような人
ありがとう終章にある回顧録
淋しくてノック無用と貼ってある

少子化に総長募集の行脚する
口寄せに水子の列が蛇行する
雪がふる輪廻のごとくせめたてる

げんまして後は言い訳ばかりする

少年の指で安堵するとんぼ

職退いて覚悟をきめた再生紙

抱かれるとあなたは深い森になる
競りの日の子牛の鼻輪ままならず
欠食もギブミーチョコもケセラセラ

夜が明けるなんと静かな過疎だろう
ワセリンを帽子に塗った日の記憶
椿油を母の柩に入れてやる

青春を貼りつけてあるセピア色
産み月の乳房に潮がみちてくる
モノクロの記憶にポストだけ赤い

子の悲鳴ママがないものねだりする

糸垂れて聞く水の音みずの声

悪女ぶるこそばゆくなる尾てい骨

埴輪舞うヒト科はみんな踊り好き

柿の種よりもやっぱり握り飯

蛙鳴くハローワークの往き帰り

傘のゆき払えば明日がみえてくる
吹雪く夜はかたわらに居る雪おんな
ゆきおんなわが懐で　溶けてゆく

わが村に十年ぶりに嫁がくる
お岩木に目礼して発つ無人駅
綾とりの指が企むインモラル

青春を辿れば渦のふたつ三つ

ハーモニカ思う存分秘密基地

ハーモニカ思いの限りいわし雲

のぼり坂やんわりイブが引きとめる

木に登る少年気にせぬ尾骶骨

一本の樹に青りんご赤りんご

げんまんの小指を諭すくすり指
有為無転みの虫かぜにさからわず
しどけない五百羅漢に拉致される

少年のポッケビー玉ハーモニカ

りんご摘む夫婦を包む葉緑素

手を握るはこべはしとね白い雲

天仰ぎ地に伏しテロが終らない
十字切る引金も引く指である
Vサインしたことがない僕の指

ときめきを忘れた頃に書く自伝
羽化おえて風をつかんだ夜明け前
連れ添えば枕詞のような妻

ぶらんこに委ねて自問自答する
水着つけ泳ぐ気はない曲線美
蟻の列さえも日陰を歩いてる

ボヤ騒ぎ旧式でした扇風機
敗戦日とよもしていた蝉の声
とりあえずビールの栓を抜いてから

一冊を選ぶとすれば万葉集
関節を鳴らしライバル寄ってくる
駄目だなあ貧乏ゆすりしてしまう

ライバルに握られている脛の傷

酔い候亡母を語れば泣き候

ふるさとは積るにつもる雪の私語

招き猫合点するまで水を打つ

ふるさとは草茫々の開拓碑

ひと晩で多喜二あやめた非合法

街角で伏流水のひとに邂う
石を積む賽の河原と知りつつも
座布団が欲しいだるまの尾骶骨

三B面

七五句

Ｂ面で影武者やがて溺死する

天邪鬼あとの祭りで悦に入る

カシオペア傾いている塾帰り

縦隊は苦手めだかの横並び

こけしだって女夜叉になりたい夢がある

無農薬もんしろ蝶のはしゃぎよう

進化論あきらめたのか亀の足
もう年だ諦めろだと無礼者
野獣派のあたりで狂う審美眼

ろうそくで溶かしているダリのアトリエ
味噌汁もつけ物も嫌嫁がくる
みそ汁の湯気に馴染んだ粗衣粗食

肩車あれから父を越せぬまま
こけしみな大和撫子だと思う
田圃から牛車も消えた子も消えた

一張羅きると不思議に雨に遭う
クレヨンに玉虫色のむずかしさ
昭和史をまだくくれない亀の足

白髪染め入っていました玉手箱
微熱余熱やみくもだった走り書き
車座の中にユダいるペテロ居る

職のいて婦唱夫随さからわず
春うらら言い淀むこと多くなる
定年は羽化だ脱皮だ櫂を漕ぐ

不器用に深耕一尺まもり切る

間をおかず貧乏神がノックする

北斎の誇張にあわせ富士浮かぶ

野沢菜もおぼれ死する調味料

雪だるま案山子の無念いまさらに

定年を機に水を得た魚になる

日替わりの三猿主義で生きている

お役人ハンドルだってある遊び

蛇行する川もどかしげに鮭のぼる

根っからの酒好きらしい赤い鼻
修飾語いらない父子の短電話
鮭還る営みおえて逝くために

海に降る雪は犬死なのですか

少年の積乱雲に奮い起つ

古下駄の挽歌下駄箱から漏れる

二次函数脳細胞がそっぽ向く

文明が川の蛇行を許さない

送り絵を見届け秋の虫がなく

パソコンが苦手ひとことあんなもの

返し針ふくみ針やら妻の乱

雲ゆきがあやしい狸寝入りする

相打ちは身びいきやはり負けている

窓ぎわで風情はないが昼の月

したたかに酔うているのは秋桜

手折られぬ花で孤独に揺れている

ラーメンにこだわっているニヒリスト

家系図は無能無芸の一直線

飼猫のあたま撫でつつモノローグ
ころがして篩にかける喉仏
蔵書票むかしは夢を抱いていた

妻と娘が陰でたくらむ同時テロ
流れ星ひとの憤死のさまに似る
韓信になれず羅漢の私語をきく

言い負けて力の抜けた肩に雪
朝帰りしそうになって雪まろげ
猫の餌国産シニア用とある

パレットがもて余している春もみじ
寄ってくるおとこの精気じわり吸う
蹴りあげて軸足までが宙に浮く

妄想はおよしなさいと陽がのぼる

多年生はびこってくる休耕田

点呼する声がくぐもる不登校

笹舟の希いは青い青い海

無駄汗と無駄足ばかり棒グラフ

春の精いかがでしょうか蕗のとう

春の海テトラポットの大欠伸

裏おもて見抜きしずかに茶を啜る

疑餌針をたれ異分子を泳がせる

天敵の怖さを知らず籠を出る
つづら折り越えて寡黙な夫婦箸
反目のときは無言で箸をとる

四　アキレス腱

八一句

ライバルにアキレス腱を見せず舞う
手のうちは見せずに軽く会釈する
スタートもゴールも多分かみおむつ

天網に漏れる悪人だっている

落書きのない板塀のつまらなさ

涙つぼ洗って恐山に行く

ライバルのかついだ駕の乗心地
十字切る指が引き金だい好きで
慟哭をするには布団薄すぎる

川下の論理が過疎を闊歩する
網膜にあわあわと亡母正座する
龍安寺の石は梃子でもうごかない

影武者の首とは知らず持ち帰る

雪掘って津軽の芯に辿り着く

羅漢さま長蛇の列の中あたり

弥陀の掌で滑って転んで起ちあがる
広げすぎ大風呂敷のたたみよう
蓑虫におそわる向い風のこと

やんわりと受けとめている年の功
門を出てむら人いちの佞でいる
両たもとおんなは火種絶やさない

馬の目のやさしさ睫毛の長さかと
砲口と知らずに蜘蛛が糸を張る
ブーメランおとこはやはり巣に帰る

五合目で脱落をするいい育ち
深追いの癖がなおらぬ御曹司
隠坊に綺麗な骨とほめられる

ホップステップジャンプの先に水溜り
影武者の散りぎわ誰も振りむかず
止り木で吃水線を晒け出す

塩分は不倶戴天と栄養士
お人柄部下に鯛焼き買ってくる
鬼だけが張りきっている地獄絵図

煮えきらぬ男を狙う俄か雨

三重奏などは知らない核家族

深追いをした初陣のわだかまり

テデッポウ修羅場をこえた声で啼く

泥舟に吃水線は引いてない

カタログに首を振らない花のたね

うずくまる猫をさすって生返事
人の鋳型神様いくつ造られし
ほんわかとさせてぐさりととどめ刺す

籐椅子をきしませている悪企み
ぶらんこに揺られ科白を暗記する
落葉にもあるらし好きな吹き溜り

妻の掌の中で自叙伝補筆する

虎落笛ことしも一軒離村する

冬ごもりします大根漬けました

世を忍ぶように煙草を吸っている

序章終章ピタリ色紙に着地する

虎の子の裏山を売り村を出る

老木の一枝手頃の杖にする

街に出た娘に擬餌針の美しさ

廻り道して蟷螂の斧となる

ひこばえに問答無用の雪つもる

輪の外で寝息をたてる天邪鬼

蛇行して河はペースをくずさない

鬼が居て桃太郎もいた古校舎

全天候型のおんなで近づけず

迷い箸やっぱり白菜漬けにする

春おぼろ前後不覚の酒をくむ
塩水選浮きだす頼りないおとこ
綾とりの指がこんなに似て親子

生きかわり死にかわりした田を捨てる

人間のおもさ軽さよりトマス紙

薬より医者を替えたらどうですか

野良猫のふり向きざまの眼の光り
茶を啜る妻とことなる余生観
茶をすするこの期に及ぶ自己弁護

ぱっと咲きぱっと散れないのがヒト科

かまきりの雄に「幸福論」をきく

よたよたと裸参りの中高年

きり揉みのゼロ戦なにを叫んだろ
塾通い出番のこないハーモニカ
新年の抱負を問われ口ごもる

雪もよいこぞと異なる疼き場所

余命表わすれりんごの樹を植える

三つ星は上等兵だと祖父の弁

立ち読みをする店長の目を掠め

葉ざくらにむせて離村に踏みきれず

万歩計ぐいと背を押す青田風

五木魚

四八句

お隣りの木魚のひびき秋日和

つめは研ぎねずみは追わぬ猫である

ハチローの小さな秋と握手する

鉛筆を舐めて武骨な農事メモ

裏口を心得顔に虫すだく

初ゆきや来しかた悔ゆることあらじ

夢にまであわあわと雪ふりつもる
黒塀の中でかぼちゃを植えてある
傘で済む雪ならみやびだと思う

岩木嶺に問いかけてみて枝を剪る

浮気虫一匹を飼うおとこ共

金ばっじ肯定否定おとこ共

きぬずれの気配によわいおとこ共
おふくろに滅法よわいおとこ共
楯ついて学力落ちて変声期

手塩かけた子が施設入りそれとなく
追いかける雲逃げ惑うくもも居て
止り木をおりると口が重くなる

文庫本抜いた鼻毛が顔を出す
りんごなら多分摘まれていた私
誰も居ぬのに振り返る秋の午後

たとえればおんなは猫でおとこ犬
縄のれん出るとつまらぬ貌になる
柄パンをはいて若さを取り戻す

四面楚歌いし焼き芋をむしゃむしゃと
亀の足あなどる癖が直らない
あくのない野菜のような子が育つ

懸命にさがす昭和の句読点
苦労人らしい背後に従いて行く
手懐けた筈の軟骨牙をむく

大変だ海が膨れて押しよせる
糸たらすシーラカンスが釣れるまで
青りんご見事な赤を掴むため

イブの指すりんごの赤が罪深い

このあとを託すりんごの苗木選る

一分という黙祷の長いこと

野火尽きて土筆不死身な顔を出す

めっきりと無駄な仕草がふえ加齢

深追いがすぎて敵地で行方不明

足腰を宥めりんごを赤くする
ちょっと待てりんごを丸ごと食べてから
妻のって吃水線が安堵する

本当は迷惑ですと言い淀む

得意より失意の長さ茶を啜る

秋の香に酔って箸おくきく膾

羽化おえて気付かなかった蜘蛛の糸

わたくしは骨の髄まで可燃物

ラファエルにルソー槐多に雲流る

あとがき

親戚に教職を定年退職し、悠々自適の生活を送り、川柳をたしなんでいた人が居た。その頃、農協の管理職をしていたが十年も同じポジションに座っていると、水が淀めば孑孑《ぼうふら》が湧くというたとえが気になっていた時分であった。促がされ、川柳にアプローチしたのは、五十路半ばである。暇なときだけ句会に出るという気分だったから、無責任もいいところであった。

黒石は本県の伝統川柳の濫觴の地でもあり、小林不浪人、山田よしまる、後藤蝶五郎、柳允父子など綺羅星のごとく大家がいる。

高校三年の時に蝶五郎の次男が同じクラスに居た。そんなことで柳誌「ねぶた」の表紙を版画で彫ったことがあった。昭和二十七年から二十八年にかけ七回ほどであった。その頃、浪岡町（現青森市）の職員で「ねぶた」の同人をしていた対馬坊太郎さん（故人）の下絵を彫ったのである。六十一年前のことであり、まさしく往時茫々である。

スタートは早いとは言えぬが、文才の乏しさ、毒にも薬にもならない駄句に余念のない有様である。題して「人畜無害」の所以である。

平成二十六年十月

佐藤古拙

著者略歴

佐藤古拙（さとう　こせつ）
昭和九年九月十一日生まれ。
本名佐藤義弘。
青森県川柳連盟理事長。
青森県川柳社会長。
全日本川柳協会幹事。
東北川柳連盟理事。「黒石川柳社」「川柳塔」同人

住所　〒〇三六―〇四一四
　黒石市下山形字下目内二三
電話（FAX）　〇一七二―五四―八六二九

東奥文芸叢書　川柳13

佐藤古拙句集　人畜無害

発行　二〇一五（平成二十七）年一月十日

著者　佐藤古拙

発行者　塩越隆雄

発行所　株式会社　東奥日報社
〒030-0180　青森市第二問屋町3丁目1番89号
電話　017-739-1539（出版部）

印刷所　東奥印刷株式会社

ISBN－978－4－88561－179－7　C0092　￥1200E

東奥日報創刊125周年記念企画

東奥文芸叢書　川柳

高田寄生木　千島　鉄男
岡本かくら　岩崎眞里子
渋谷　伯龍　髙瀬　霜石
野沢　省悟　工藤　青夏
む　さ　し　千田　和美
斉藤　劦　須郷　井蛙
佐藤　古拙　角田　古錐
笹田かなえ　福井　陽雪
滋野　さち　鳴海　賢治
斎藤あまね　内山　孤遊
（第一次配本20名、既刊は太字）

東奥文芸叢書刊行にあたって

青森県の短詩型文芸界は寺山修司、増田手古奈、成田千空をはじめ日本文学界をリードする数多くの優れた文人を輩出してきた。その流れを汲んで現代においても俳句の加藤憲曠、短歌の梅内美華子、福井緑、川柳の高田寄生木など全国レベルの作家が活躍し、その後を追うように、新進気鋭の作家が次々と現れている。

1888年（明治21年）に創刊した東奥日報社が125年の歴史の中で醸成してきた文化の土壌は、「サンデー東奥」（1929年刊）、「月刊東奥」（1939年刊）への投稿、寄稿、連載、続いて戦後まもなく開始した短歌・俳句・川柳の大会開催や「東奥歌壇」、「東奥俳壇」、「東奥柳壇」などを通じて、本州最北端という独特の風土を色濃くまとった個性豊かな文化を花開かせてきた。

二十一世紀に入り、社会情勢は大きく変貌した。景気低迷が長期化し、核家族化、高齢化がすすみ、さらには未曾有の災害を体験し、その復興も遅々として進まない状況にある。このように厳しい時代にあってこそ、人々が笑顔と元気を取り戻し、地域が再び蘇るためには「文化」の力が大きく寄与することは間違いない。

東奥日報社は、このたび創刊125周年事業として、青森県短詩型文芸の優れた作品を県内外に紹介し、文化遺産として後世に伝えるために、「東奥文芸叢書（短歌、俳句、川柳各30冊・全90冊）」を刊行することにした。「文化」の力は地域を豊かにし、世界へ通ずる。本県文芸のいっそうの興隆を願ってやまない。

平成二十六年一月

東奥日報社代表取締役社長　塩越　隆雄